あの犬が好き

シャロン・クリーチ＝作　金原瑞人＝訳

LOVE
THAT
DOG

偕成社

あの犬が好き

LOVE THAT DOG

シャロン・クリーチ 作
金原瑞人 訳

Love That Dog
by Sharon Creech

Originally published by HarperCollins Publishers, U.S.A.
Japanese translation rights arranged with Writer's House LLC., and
illustration rights arranged with Pippin Properties, Inc.,
through Japan UNI Agency, Inc., Tokyo

あの犬が好き

サンディ・フロイドとジャック・フロイド、
ベンジャミン・マークとカリン・ルーズィ・ベンジャミン、
ルイーズ・エングランド、
ロブ・ルーズィ
――――以上六人の犬好きに

つぎの人びとに心からの感謝を――
ウォルター・ディーン・マイヤーズ、
その他の詩人、
毎日、生徒たちをはげましている
ストレッチベリ先生（夫婦ともに）。

イラスト　ウィリアム・スタイグ

Contents

ジャック　１０５教室――ストレッチベリ先生

9月13日

いやだ
だって、女の子のもんだよ。
詩なんてさ。

男は書かない。

9月21日

書こうとしたけど
だめ。
頭のなか、からっぽ。

9月27日

よくわかんないよ、
あの詩。
「赤い手押《ておぐるま》し車」と
「白いニワトリ」のやつ。
「問題なのは」って
なんのこと？

あれが詩なら
――赤い手押し車と
白いニワトリのやつだけど――
なんだって

詩になっちゃう。
ただ
短く
書けば
いいんだもん。

10月4日

じゃ、約束《やくそく》して。
声にだして
読まないこと。
それから
掲示板《けいじばん》に
はらないこと。

じゃ、これ。
ぼくは気にいってないけど。

問題なの
は
青い車。
どろだらけで
道をびゅんと走ってきた。

10月10日

ねえ、これはどういう意味?
「なぜ
青い車が
問題なの」
って。

意味なんか、きかないって
いったじゃない。
手押《てお》し車《ぐるま》の人だって
なんにも、いってないよ。

10月17日

雪のつもった森の詩
今日、読んでくれたやつ。

なんであの人
立ち止まったりしたんだろう。
だって、眠《ねむ》るまえに
何キロもいかなくちゃいけなかったっていってるくせに。

青い車はあれでおしまい。
どろだらけで
道をびゅんと走ってきた。

それだけ。

書きたくないよ。
青い車は
何キロもいかなくちゃいけなかった
眠《ねむ》るまえに。
何キロも、大急ぎで
いかなくちゃいけなかったんだ。

10月24日

あのさ
よくわからなかったんだ。
虎《とら》よ虎よって詩。
だけど、ことばが
かっこいいよね。

青い車のこと
虎みたいに書いてみる。

　青い車、青い車、炎《ほのお》のように輝《かがや》く車よ
　夜の闇《やみ》のなかで

だれに走り去る姿《すがた》がみえるだろう。
まるで夜空の流星《りゅうせい》のようなその姿が。

夜のなかにおまえがいる。
青い車、青い車、炎《ほのお》のように輝《かがや》く車よ
ぼくにはおまえが走り去る姿がみえる。
まるで夜空の流星のようなその姿が。

虎《とら》よ、虎よってことばが
まだ耳のなかで
ドラムみたいに
がんがん、ひびいてる。

10月31日

うん
いいよ。
あの青い車の詩、ふたつとも
掲示板《けいじばん》にはっていいや。
だけど
ぼくの名前は
だめだからね。

11月6日

かっこいい。
パソコンで
青い紙に打って
黄色の掲示板《けいじばん》にはってくれたんだね。

(だけど、やっぱり
ぼくが書いたって、だれにもいっちゃだめだからね、いい?)

(その「とくめい」って、どういうこと?
かっこいいいってこと?)

11月9日

ペットは飼《か》ってないから
そんな詩は書けない
だから
ペットの詩なんて
ぜったい
書けない。

11月15日

うん、まえは飼《か》ってた。
だけど、書きたくない。

先生は
どうしてって、きくと思う。
だよね？

11月22日

まえのペットを、いまでも飼《か》ってるつもりで書けって？
ちがうペットを飼ってることにしちゃだめ？
虎《とら》とか？
ハムスターとか？
金魚？
カメ？
ナメクジ？
ミミズ？
ノミ？

11月29日

あれ、よかったよ。
あの短い詩。
今日読んだやつ。

あのくらい
短いと
すぐに
全部
読めちゃう。
頭のなかに
いろんな絵がうかぶ。

詩にでてくる絵につられて
いろんな絵がうかんでくる。
あれが好き。 子猫《こねこ》が跳《と》んでる
猫の詩。
馬の長い顔が目にうかんでくる
馬の詩。
いちばん好きなのは、
犬の詩の犬。
だって、
うちにいた黄色の犬は
よく横になって
舌《した》をたらして

あごを
前足の上に
おいて
ときどき
ハエをぱくってやって
それから寝《ね》たんだ。
だふっとした皮につつまれててさ。
あの詩にそっくり。
ヴァレリー・ワースさんの
短い詩にでてくる
犬にね。

12月4日

なんで
パソコンで打つの？
ぼくが、短い詩について
書いたこと。

あれは詩じゃないよ。
え、詩なの？

掲《けい》示《じ》板《ばん》にはっても
いいけどさ
だけど

ぼくの名前は
書いちゃだめ。
ほかの子に
こんなの詩じゃないって
思われるといやだ。

12月13日

これ
詩みたいだ。
こんなふうに
パソコンで打つと。

だけど
行《ぎょう》と行のあいだが
もっと空《あ》いてるほうが
いいかも。
ぼくが書いた
みたいに。

それから、絵もいいよね。
黄色の犬。
先生が描《か》いてくれたやつ。

だけど
ぼくの犬には
似《に》てないよ。

1月10日

ぜったいぜったいぜったい
わかんない。
あの牧場《ぼくじょう》の詩。
先生が今日読んだやつ。

だれかが牧場に
いって
泉《いずみ》をそうじして
それから
よちよち歩きの子牛を
つれてきて

すぐに終わるから
いっしょにこないかって
いってるの。
（だれにいってるの？）

ほんとに、わかんない。

先生はいったよね。
ロバート・フロストさんは
牧場《ぼくじょう》の詩を書いた人で
雪の森の詩を書いた人だって。
ほら、まだ何キロもいかなくちゃいけないから
のんびり

眠《ねむ》れないってやつ。
ぼく、思うんだけど、
ロバート・フローストさんて
ちょっと
ひますぎるんじゃない
かなあ。

1月17日

ほら、おぼえてる？　手押《ておぐるま》し車の詩。
先生が読んでくれたやつ。
学期の
最初の週に。

たぶん、手押し車の詩を書いた人は
ちょっと
ことばで絵を
描《か》いてみたんだと思う。
そして
だれかが――

たぶん、先生とか——
それをパソコンで打ったんだよ。
そしたらみんなが
詩だと思った。
だって、詩にみえるんだもん
あんなふうにすると。

だから、たぶん
おなじだと思うんだ。
ロバート・フロストさんの詩も。
たぶん、ことばで絵を描《か》いたんだ——
雪のつもった森や
牧場《ぼくじょう》なんかの。

そしたら先生が
パソコンで打った。
すると、詩みたいにみえた。
だから、みんなが
詩だね、と思った。

ほら、先生がやってくれたじゃない。
青い車のとか
短い詩を読むっていうのとか
それで、掲示板《けいじばん》にはってくれた。

パソコンで打つと
詩

みたいにみえる。
だから、ほかの子も
それをみて
あ、
詩だ
と思って。
だれが書いたんだろうって
いってるんだよ。

1月24日

ドライブにいった
父さんがいった
「すぐに終わるから——
いっしょにこないか」
だからぼくはいった
車でどんどん走っていって
止まったら
すぐまえに赤いれんがの建物《たてもの》があって
看板《かんばん》がかかってて
青い字で書いてあった。
〈動物保護局《ほごきょく》〉

なかに入って
コンクリートの長い道を歩いていった。
おりがならんでた。
いろんな
犬がいた。
大きいのも小さいのも
太ったのもやせたのも
何びきか
すみにかくれてたけど
ほかの犬は
わんわん、ぎゃんぎゃん
鉄のおりに

飛びついた。
ぼくは父さんと歩いていった。
みんな、こういってるみたいだ。
「ぼく、ぼく、ぼくをえらんで！
いちばんいい犬なんだから！」

そのとき、そこでみたんだ
あの黄色の犬が
おりにもたれて立っていた
手をまげるようにして
針金《はりがね》をつかんで
長くて赤い舌《した》を
たらして

大きな黒い目は
ちょっと悲しそうで
長いしっぽを
ぶんぶんふって
こういってるみたいだった。
「ぼくをえらんで！　ぼくをえらんで！」

だから、そうした。
その犬をえらんだんだ。

車のなか
犬はぼくの胸《むね》に
顔をおしつけて

手を
ぼくの腕《うで》にまわしてた。
こういってるみたいだった。
「ありがとうありがとうありがとう。」

ほかの犬は
おりに入ったまま
死ぬんだと思う。
だれにもえらんでもらえなかったら。

1月31日

うん
先生、パソコンで打っていいよ
ぼくが書いた詩。
あの黄色の犬の詩。
だけど、最後のところはやめようよ。
ほかの犬が
死ぬってとこ。
だって、すごく悲しいもん。

それから、ぼくの
名前を

書いちゃ
だめだよ。

それからさ
黄色の紙だと
かっこいいと思う。

それからさ
題名は
こうかな。
「いっしょにこないか」

２月７日

うん
かっこいい
やっぱり黄色の紙でよかった
だけど、わすれたでしょう
（また）
もっと
あいだを空《あ》けて。
ぼくが
書いたみたいに。

だけど、まあ、いいや。

2月15日

あの詩、いいな
今日、読んだやつ。
ストリート・ミュージックの詩。
都会《とかい》の音楽だよ。

ぼくの住んでる通りは
街《まち》のまんなか
じゃない。
だから、でっかい音楽はない
クラクションや、トラックの音がない
がん

がしゃん
きぃぃぃー

ぼくの住んでる通りは
街《まち》の
はずれ。
だから
静かな音楽なんだ
だいたいはね
ひゅっ
にゃー
しゅっ

ぼくの住んでる通りは細いんだ
両側に家がならんでる
ぼくの家は
白い家
ドアは赤。

車もあまり走らない
ぼくの住んでる通りはね——
街《まち》の
まんなかとは
ちがうんだ。

庭で遊んだり

ときどき
通りでも遊ぶ
だけど、おとなや
年上の子が
通りにいるときだけだよ。
みんなが大声で教えてくれるんだ。
「車だ！」
車がやってくるのが
みえたら教えてくれる。

通りの
両端《りょうはし》に看板《かんばん》がある。
〈遊んでいる子どもに注意！〉

だけど、ときどき
車が
不注意に
道を
すごいスピードでやってくる。
まるで、すっごく急いでいるみたいに。
寝《ね》るまえに何キロも
いかなくちゃいけないみたいに。

2月21日

あれ、すごかった
先生がみせてくれた、あの詩。
ことばが
形になってるやつ
あれは——
りんごの詩だった
りんごの形だった
家の詩だった
家の形だった。

頭のなかが、パンパンパーンって感じがしたあの詩をみたとき。
だって、あんなへんなことを
する詩人がいるなんて
知らなかったんだ。

2月26日

ぼくもひとつやってみた。
形にした詩。
こんなやつ。

ぼくの黄色の犬　　ジャック作

　　　　　　　　頭頭頭
　　　　　　　頭
　　　　耳耳耳耳　　　目　鼻　　くんくんくん
　　　　　　　　　　　　頭　　　くんくん
　　黄　体体体体　　　　頭
　　黄
ふるふる　尾　黄　　　　　　たらたら
ふるふる　尾　黄　　　　体体　　たらたら
ふるふる　　　黄　　　　体　　　　たらたら
　　　　　　　黄　体体体体体
　　　　　　　　脚　　　　　脚
　　　　　　　脚脚　　　　脚脚
　　　　　　　脚脚　　　　脚脚
　　　　　　　脚脚　　　　脚脚
　　　　　　　脚　　　　　脚
　　　　　　　　足　　　　　足

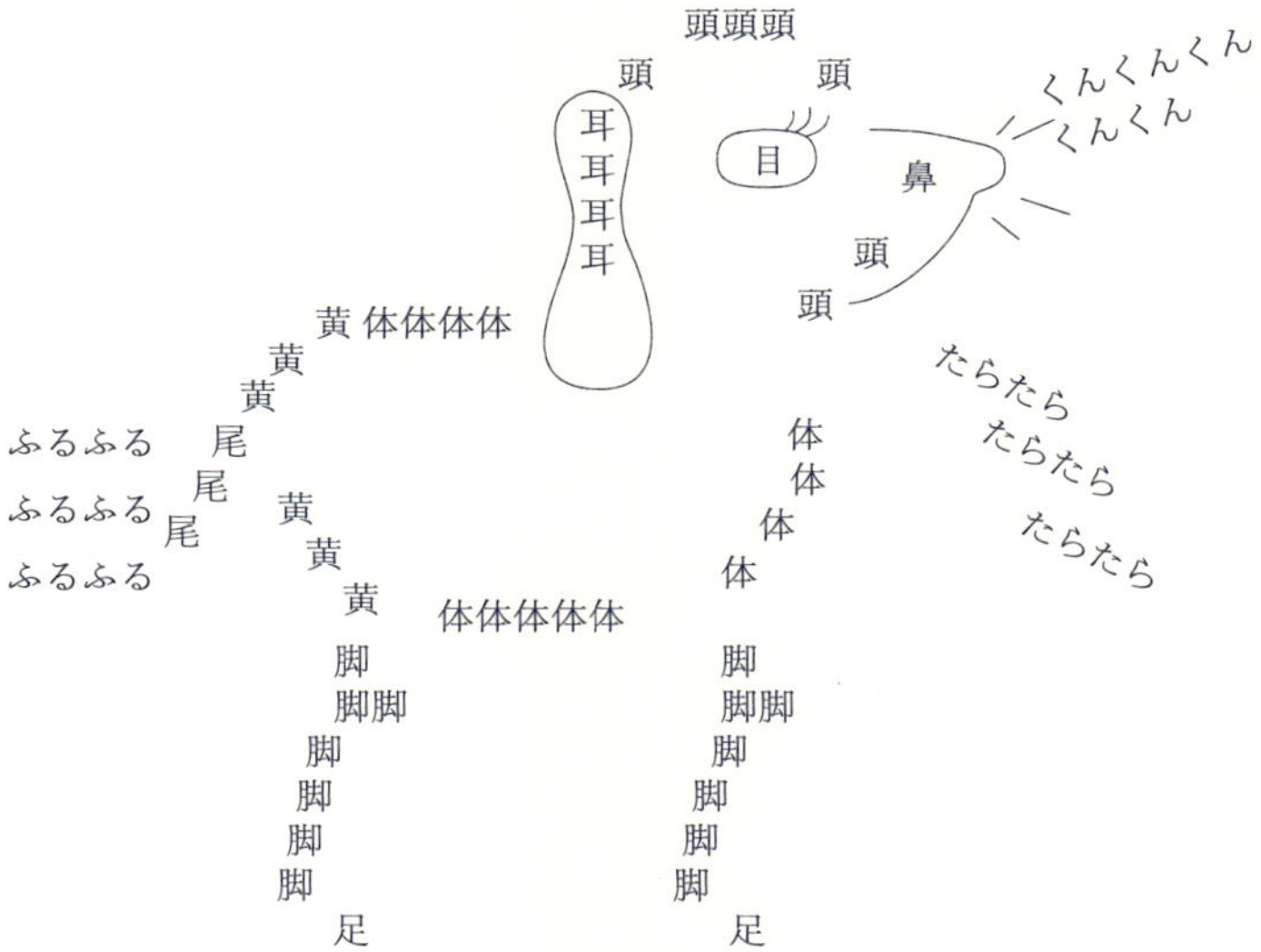

3月1日

うん
パソコンで打っていいよ
あの黄色の犬の詩
犬の形のやつ
だけど、こんどは
きちんと間をあけてよ。
ちゃんとおなじようにね。
そうすると
ぜったいかっこいいから。
ほら、紙は黄色だよ。

ううん、まあ、いいや
ぼくの名前、書いていい。
だけど、先生、ほんとに書きたい？
先生が、いいっていうんなら
いいけど。

3月7日

ぼく
ちょっと、はずかしいよ。
みんながいうんだ。
「すてきな詩ね、ジャック」
とか
「よくこんなの考えたよな、ジャック」
とか。

それから、すっごくすっごく好きなんだ
先生が掲示板《けいじばん》にはりつけたやつ
木の詩だよ。

木の形の詩
作りものの木じゃなくて
ほんものの木みたいに
枝《えだ》があちこちにのびてるやつ。

だけど、知りたいな。
「とくめい」ってだれのこと？
ぼくのクラスの子だよね。
それに、だれが書いたんだろう。
男の子か
女の子か
わからないけどさ。
どうして、名前を書くのを

いやがるんだろう。
まえのぼくとおなじかな。
書いた詩が
詩じゃないと思ってたときの
ぼくと。

先生、いってあげていいよ。
あの「とくめい」の木の詩を書いた人に
あの木の詩は
ちゃんとした
詩だし
すごくすごく
いい詩だって。

3月14日

あれがいちばん、最高にすごい
詩だ。
先生がきのう読んでくれたやつ。
ウォルター・ディーン・マイヤーズさんのやつ
最高の最高の**最高の**
詩だよ。
ぜったいにそう。

ごめん
あの本、家にもって帰っちゃった。
だまって。

そして
本に
しみをつけちゃった。
だから
あのページがやぶれてる。
あれはしみを
とろうと
したところなんだ。

ぼくはあの最高の詩をうつして
ぼくの寝室《しんしつ》の
天井《てんじょう》にはったんだ。
ベッドの真上《まうえ》。

そうすれば、
みえるでしょ。
寝《ね》たときに。

うん、
それもコピーして
教室の
壁《かべ》にかけていいよ。
そうすれば、よくみえるもん。
席について
すわって
勉強しているときにも。

ぼく、あの詩がほんとに好きだな。
ウォルター・ディーン・マイヤーズさんの
「あの男の子が好き」
って詩。

理由はふたつ
ある。
けさ、パパが
ちょうど
あんなふうに呼《よ》んでくれたんだ。
「おおい、ここだ、ジャック！」

それから

ぼくは
黄色の犬を
飼《か》ってて
大好きで
こんなふうに呼《よ》びたかったから――
ほら――
「おおい、ここだよ、スカイ！」
（スカイって名前なんだ）

3月22日

ぼくの黄色の犬は
どこにでもついてくる。
ぼくが道をまがると
やってきて
しっぽをふる。
よだれを
口から
たらす。
ぼくにむかって
笑う。
いつもいつも。

まるで
こういってるみたい。
「ありがとうありがとうありがとう。
ぼくをえらんでくれてありがとう。」
それから、ぼくに飛びついて
もじゃもじゃの、もしゃもしゃの足を
ぼくの胸《むね》にぺたっとくっつける。
ぼくのなかのぼくを
抱《だ》きしめたいよって、いってるみたいなんだ。

ぼくたちが
外で
ボールをけってると

スカイがボールを追っかける。
鼻でボールをつん、
つん、つん、つん
ってやるから
ボールはよだれだらけ。
だけど、だれも気にしない。
だって、スカイは
へんな犬なんだもん。
もしゃもしゃで、ふわふわで
にこにこの
犬
スカイ。

ぼくは呼《よ》ぶんだ。
毎朝
毎晩《まいばん》
「おおい、スカイ!」

3月27日

うん、パソコンで打っていいよ。
スカイのことを
書いたやつ。
だけど
あれはだめ。
あの秘密《ひみつ》のやつ。
ほら――
折って
ふうとうに入れて
テープでふうをしてあるやつ。
あれって

ウォルター・ディーン・マイヤーズさんの詩から
いろんなところを
まねしちゃったから
ウォルター・ディーン・マイヤーズさん
おこると思うんだ。

4月4日

え、ウォルター・ディーン・マイヤーズさんって
おこったりしない？
子どもが、自分の詩のまねをしても
おこらない？
ぼく、すっごくうれしい。

ありがとう。
パソコンで打ってくれたんだ。
ぼくの秘密《ひみつ》の詩。
すごくたくさん
ウォルター・ディーン・マイヤーズさんの詩の

いろんなところを
まねしたやつ。
あれ、いいね。
先生が上のところに
書いてくれたことば。
「ウォルター・ディーン・マイヤーズさんの詩に感動して」
これ、すごくいい。
読んでみると、かっこいいんだもん。
これで、だれも
思わないよね、
ぼくがただまねしただけだなんて。
自分でいいことばを見つけられないから
まねしたんだなんて、だれも思わないよね。

だって、みんな、こう思うもん。
ぼくは
ウォルター・ディーン・マイヤーズさんの詩に
「感動したんだ」って。

だけど、これは
掲示板《けいじばん》にはっちゃだめ。
だめだよ。

ウォルター・ディーン・マイヤーズさんって
まだ生きてるの？

もし生きてるんだったら

きてほしい。
この街《まち》に
この学校に
この教室に。

もしきてくれたら
かくさなくちゃ。
ぼくの詩。
マイヤーズさんのことばで書いちゃった――
ちゃんと、かくさなくちゃ――
もしかしたら
おこるかもしれないもん。

4月9日

だめ。
だめ、だめ、だめ、だめ、だめ。

できないったら。

先生がやればいいよ。
先生なんだから。

4月12日

そんなことないよ。
ウォルター・ディーン・マイヤーズさんは
男の子から
あなたの詩が好きですなんて
いわれたくないって。

ウォルター・ディーン・マイヤーズさんが
読みたいのは
先生の手紙だよ。
先生は、かっこいいことばを
つかえるし

字もまちがえないし
パソコンもつかえるし。

4月17日

ウォルター・ディーン・マイヤーズさんへ

マイヤーズさんは、ぼくから手紙なんかもらいたくないと思います。
ぼくは子どもで
先生じゃないし
かっこいいことばも
知らないし。
それに、この手紙を読まないかもしれません。
もし読んでも
マイヤーズさんはすごくいそがしいから
返事を書くひまはないと思います。

だから、返事はいいです。
ほんとに、いいです。
だから、気にしないでください。
先生がよくいってます
作家はとてもとてもとてもとても
いそがしく
自分のことばをさがしているって。
だから電話は鳴りっぱなし。
だからFAXがつぎつぎにくる。
だから請求書《せいきゅうしょ》がたまる。
だから、ときどき病気になる。
（だけど、だいじょうぶですよね
ウォルター・ディーン・マイヤーズさんは）

あと、家族の人が病気になったり
あと、停電《ていでん》になったり
あと、車が故障《こしょう》したり
あと、買いものにいったり
あと、せんたくをしたり
あと、ちらかったものをかたづけたり。
だから、すごいと思います。
そんなにいそがしいのに、時間をみつけて
詩や小説を書くなんて。
だって、そんなにたくさんのことをして
お手伝いさんにもきてもらわなくちゃ
いけないくらいなのに。

だから、ぼくがお願いしたいのは
これだけです。
もし、時間ができて
どこかにいってみたいと思ったら
もし、どこかの
学校にいってみたいと思ったら
そこには、もしかしたら
マイヤーズさんの詩が好きな生徒が
いるかもしれません。
もし、もしかして、
もしかしたら、
ぼくの学校に
いってもいいかな、とか

思ってくれたら。
いいな。
ぼくの学校はきれいだし、
生徒はまあまあいいほうだし
ぼくの先生
ストレッチベリ先生は
もしかしたら
ブラウニーを作ってくれるかもしれません。
先生はときどき、ぼくたちに
作ってくれるんです。

もし、ぼくの手紙のせいで
仕事ができなくて

詩も小説も書けなくて
車の修理《しゅうり》もできなくて
買いものにもいけなくて
そんなふうになったら——
この手紙を読むのに
たぶん十五分くらい
かかると思います。
その時間があれば
マイヤーズさんは
新しい詩をひとつ作れるかもしれません。
ひとつはむりでも
書きだしのところくらいは
書いているかもしれません。

だから、ごめんなさい
マイヤーズさんの時間を
とっちゃって。
だから、わかってます。
もし、ぼくのきれいな学校に
きて
自分の詩を読んでくれなくても
顔をみせてくれなくても、いいんです。
だけど、マイヤーズさんの顔は、きっとやさしいと思います。

ぼくの名前はジャックです。
じゃ、また、ウォルター・ディーン・マイヤーズさん。

4月20日

送ってくれた？
返事、まだ？

4月24日

何か月も？
何か月も
かかるの？
ウォルター・ディーン・マイヤーズさんから
返事がくるまで？
返事がくるかどうかも
わからないの？

知らなかったんだ――
先生が教えてくれるまで――
ぼくの手紙は

ウォルター・ディーン・マイヤーズさんの
本をだしてる出版社にいって
それから、だれか
出版社の人が
きた手紙を整理して
それも、ぼくの手紙だけじゃなくて
何百も何百も手紙がきてて
それも、何百人という作家さんにきてて
もう、めちゃくちゃに
手紙が山になってて
だれかが手紙を
整理して整理して整理して
ようやく

ウォルター・ディーン・マイヤーズさんのところにきた手紙が
ウォルター・ディーン・マイヤーズさんのところにいくんだ。
だけど、マイヤーズさんは留守《るす》かもしれないし
旅行にいってるかもしれないし
病気かもしれないし
部屋《へや》のどこかにかくれて
詩を書いてるかもしれないし
赤んぼうのせわをしてるかもしれないし。
自分の子どもかな、孫《まご》かな、どちらだろう？
（結婚《けっこん》はしてるのかなあ、どうなんだろう）
歯医者さんに
いかなくちゃいけないかもしれないし
車を修理《しゅうり》にださなくちゃいけないかもしれないし

だれかが亡《な》くなって
いるかもしれないし
(だれも、だれも亡くなってなければいいと
ほんとにほんとに、思う)
だから
先生がぼくに
何年もまたないと
マイヤーズさんの返事は
こないというんだったら
やっぱり
わすれちゃったほうがいいかも。
あてにしないで
気にしないで

ほかのことをして
わすれちゃおう。

4月26日

ときどき、
考えないように
しようとしてるのに
それが
ぱっとうかんできて
しょうがないから
考えちゃって
そして
考えちゃって
そして
考えちゃって

そのうち頭が
なんか
つぶれた豆みたいになっちゃう。

5月2日

うん
パソコンで打っていいよ。
あれ
なにかを
考えないようにしようとしてるってやつ。
だけど
ぼくの名前は
書かないで。
だって、あれは
ことばが
頭からでてきただけなんだ。

だから、なんにも考えずに
ことばがうかんでくるままに
書いただけなんだ。

5月7日

教わろうかな。
ほら
パソコンの
つかい方。
そうすれば
ぼくも自分で
打てるし。

5月8日

へえ、
パソコンは
つづりのチェックもしてくれるんだ。
まるで、奇跡《きせき》だ。
パソコンのなかには
小さな脳《のう》みそがあるんだね。
それも、ぼくを手伝ってくれる
小さな脳みそが。

だけど、打つのはへただよ。
先生、まえにいわなかったっけ？

打ち方を教えてくれる、なにかが入ってるって。
このパソコンにも入ってる？
ぼく
うまく
速く
打てるようになれるかなあ。
たかたかたかたかたかたか
頭で考えると
すぐに指が動いて
打てるようになれるかなあ。

5月14日
（自分で打っちゃった）

ぼくのスカイ

ぼくたちは外に
通りにいた。
なかまと
ボールをけっていた
まだ夕飯《ゆうはん》まえ
スカイは
追っかけて追っかけて追っかけて
あちこち

かけまわって
しっぽを
ひゅんひゅんふって
口から
よだれをたらたらたらたらたらして
あっちにいったり
こっちにきたり
にこにこして、しっぽをふって
よだれをたらして
ぼくたちはそれをみて
笑ってた。
そこへ、父さんが
通りを歩いてやってきた。

父さんは
通りのむこうからやってきた。
あ、父さんだ、と思った。
父さんはバスからおりて
歩いて歩いて歩いてやってきたんだ。
手をふって
「おおい、ジャック!」
といった。
ぼくは気がつかなかったけど
車が
反対側からやってきた。
それから、だれかが——
年上のなかまが——

さけんだ。
「車だ！」
ぼくはふりかえった。
すると
青い車が
どろだらけで
道をびゅんと走ってきた。

スカイは
ボールを追いかけて
ぶんぶん
しっぽをふっている。
ぼくはさけんだ。

「スカイ！　スカイ！」
スカイは、こっちをみた。
けど
おそかった。
青い車が
どろだらけの青い車が
スカイをはねた。
がんっ、がんっ、がんっ。
そしていっちゃった。
すごく急いで
飛ばしてた。
何キロもいかなくちゃならなくて、
止まってられないから。

スカイは
ころがってた。
道路に
横たわってた。
足をへんなふうにまげて
おなかがふくらんだりへこんだり。
ぼくをみあげた。
「スカイ！　スカイ！　スカイ！」
父さんが
いた。
父さんはスカイを道路から
抱《だ》きあげ
しばふの上においた。

そして
スカイは
目を閉《と》じた。
そして
スカイは
それっきり
目を
開《ひら》か
なかった。
それっきり。

5月15日

どうだろう。

先生が掲示板《けいじばん》にはって
みんなが読んだら
みんな
悲しくなっちゃうかも。

5月17日

うん。
わかった。
あの詩に名前書くよ。

だけど、あれを読んだ人が
あまり悲しくならないといいな。
もし悲しくなったら
先生がなんとかして。
ほら、元気にしてあげてよ。
ブラウニーを作ってあげるとか。
ほら、チョコレートのおかし

あれ、すごくおいしいから。

5月21日

やった！
やったやったやったやったやったやった！

すごいすごいすごいよ
それって
最高。
信じられない。

ウォルター・ディーン・マイヤーズさん
ほんとにほんとにほんとに
きてくれるの？

この学校に？

この街《まち》にくるって
うそじゃないよね。
むかしの友だちに
会いにくるんだって？

そして
ぼくらの学校に
喜んできてくれるんだって？
ウォルター・ディーン・マイヤーズさんの詩が好きな
いい子たちに会ってくれるって？

ぼくたち、ほんとにラッキーだよ。
ウォルター・ディーン・マイヤーズさんのむかしの友だちが
この街《まち》に住んでるなんてさ。

やった!!!

5月28日

掲示板《けいじばん》は
まるで
ことばの花でいっぱいだ
みんなの詩が
あの
色紙に
書いてある
黄、青、ピンク、赤、緑。

本だなは
まるで

本本本の芽がでてるみたいだ
ぜんぶ
ウォルター・ディーン・マイヤーズさんの本
ずらっとならんで
ふりかえって、ぼくらをみてる
まるで、まちかまえているみたい。
ウォルター・ディーン・マイヤーズさんが
やってきて
学校に入って
ぼくたちの教室に入ってくるのを。

やった！

5月29日

じっとしてられない。
眠《ねむ》れない。

先生、ほんとに
ぼくの詩、かくしてくれた？
ウォルター・ディーン・マイヤーズさんの詩に感動して
ってやつ。

ぼく、いやなんだ。
ウォルター・ディーン・マイヤーズさんが
いやな気持ちになったりすると悪いもん。

6月1日
ウォルター
ディーン
マイヤーズさんの
日

ぼく、はじめて。
いままで、みたことない。
あんなふうに、話す人。
ウォルター・ディーン・マイヤーズさんみたいな人
ほんとに、はじめてだ。

全身の血管をながれる

血が
あわだって
頭のなかの
すべての考えが
ぶんぶんうなってた。
ぼくは思った。
ウォルター・ディーン・マイヤーズさんに
この学校にいてほしい。
いつまでも。

6月6日

ウォルター・ディーン・マイヤーズさんへ

ありがとうございます。
一億回もありがとうございます。
仕事や
家族や
しなくちゃいけないことが
たくさんあったのに
ぼくたちに会いにきてくれたことに感謝《かんしゃ》します。
ぼくたちの学校に
ぼくたちの教室に。

楽しかったですか？
きっと、楽しかったですよね。
だって、
どこでもずっと
にこにこにこにこ
してたもん。

詩を
朗読《ろうどく》してくれました。
すごくすごくすごく
最高の
声でした。

低くて、深くて、やさしくて、温《あたた》かくて
こっちにひろがってきて
ぼくたちみんなをつつみこんで
ぎゅうっと抱《だ》きしめてくれるような
感じがしました。
それから、笑いましたよね。
あれ、
すごくすごくすごく
最高の笑いでした。
あんなの、いままではじめて。
ずっとずうっと深いところからこみあげて
あわだちながらこみあげてきて
ゆれて、ころがって

空気をふるわせました。

いろんなこと、たくさん質問《しつもん》して
ごめんなさい。
だけど、ほんとうに、ありがとうございます。
質問にぜんぶ答えてくれましたよね。
ぼくがいちばん、うれしかったのは
こういってくれたときでした。
「うれしくてしょうがないよ。
ほかの人が
私《わたし》のことばをつかってくれるなんて。
それも、こんなことばをつけてくれたって？
『ウォルター・ディーン・マイヤーズさんの詩に感動して』」

それから、感動しました。
だって、掲示板《けいじばん》にはってあった
みんなの詩を
読んでくれたんだもん。
だけど、
悲しい気持ちに
なったらごめんなさい。
あの詩
ぼくの飼《か》ってたスカイって犬が
道路でひかれたって詩。
それから、ウォルター・ディーン・マイヤーズさんも
ブラウニー

おいしかったでしょ？

ありがとうございます。
ぼくたちに会いにきてくれて。

このふうとうに
詩をひとつ入れました。
ウォルター・ディーン・マイヤーズさんのことばをつかった詩です。
ぼくが書きました。
あなたの、
ウォルター・ディーン・マイヤーズさんの
詩に感動して

あなたのいちばんのファンより。

ジャック

あの犬が好き

（ウォルター・ディーン・マイヤーズさんの詩に感動して）ジャック

あの犬が好き。
鳥が空を飛ぶのが好きなように。
ぼくは、あの犬が好きなんだ。
鳥が空を飛ぶのが好きなように。
朝、こう呼《よ》ぶのが好き
こう呼ぶのが好きなんだ。
「おおい、スカイ！」

ストレッチベリ先生が読んだ詩

赤い手押《ておし》車《ぐるま》　ウィリアム・カーロス・ウィリアムズ

問題なの
は

赤い手押し車
だ

雨にぬれ

て

そばには白いニワトリ

が

雪の夜　森のはずれで立ち止まった

ロバート・フロースト

これがだれの森か、わたしは知っている。
ただ、彼《かれ》の家は村にある。
彼はみることはないだろう。わたしがここに立ち止まって
雪におおわれたこの森をながめているところを。

わたしの小さな馬は不思議《ふしぎ》に思っているだろう。
こんなところで足を止めているのを。あたりには農家もないのに。
あるのは森と、凍《こお》った湖と
一年でもっとも暗い夜だけだ。

馬は馬具《ばぐ》の鈴《すず》をひと振《ふ》りした。
だいじょうぶかとたずねるしぐさだ。
ほかの音といえば羽毛《うもう》のような雪まじりの
やさしい風の音だけ。

森は美しく暗く深い。
しかしわたしには約束《やくそく》がある。
眠《ねむ》るまえに何キロもいかなくては。
眠るまえに何キロもいかなくては。

虎《とら》よ（第一連）　ウィリアム・ブレイク

虎よ！　虎よ！　炎《ほのお》のように輝《かがや》く虎よ！
夜の森のなかで
どんな神の手、どんな神の目が
その恐《おそ》ろしいばかりに美しい体を造《つく》ったのか？

犬　ヴァレリー・ワース

メープルの木の下
犬が寝《ね》ころんで
だらしなく舌《した》をたらし
あくびをして
細長いあごを
そっと
前足にのせている。
びくっと、顔をあげる。
ぱくっと、大きな口が

のんびり飛んできたハエを食べた。
まばたきして、ごろりと
横になり、
ため息をついて、目を
閉《と》じて、寝《ね》た。
夕方までずっと
だふっとした皮につつまれて。

牧場《ぼくじょう》　ロバート・フロースト

これから牧場の泉《いずみ》をそうじするんだ。
ちょっといって、熊手《くまで》で枯葉《かれは》をかきよせて
(水が澄《す》むのを待つ)。
すぐに終わるから――いっしょにこないか。

これから子牛をつれてくる。
母牛のそばに立っているやつだ。生まれたてだから
母親になめられて、よたよたしている。
すぐに終わるから――いっしょにこないか。

街《まち》の音楽　アーノルド・アドフ

この街は
いつも
騒音《そうおん》が
きしみながらわきあがってくる
地面の
下の
地下鉄の音。
バスの急ブレーキの音
タクシーのクラクション

車やトラックのエンジンの音、いろんな
音

がん
がしゃん
きぃぃぃー
熱い鉄のことばの
連続《れんぞく》

頭上の飛行機の
うなり

オーケストラのような
ドラムの響《ひび》き
戦いの音楽が
耳をつんざく

いつもの
街《まち》の騒音《そうおん》。

これが街の音楽。

りんご

S・C・リッグ

じく

りんご りんご　　りんご りんご
りんご おいしい りんご おいしい りんご おいし
じゅうしい じゅうしい じゅうしい じゅうしい じゅうし
しゃくっ しゃくっ しゃくっ しゃくっ しゃくっ しゃくっ しゃ
あか きいろ みどり あか きいろ みどり あか きいろ みどり あか
りんご りんご りんご りんご りんご りんご りんご りんご りんご
りんご りんご りんご りんご りんご りんご りんご りんご りんご り
りんご りんご りんご りんご りんご りんご りんご りんご りんご り
ううん おいしい ううん おいしい ううん おいしい ううん おいしい う
おいしい おいしい おいしい おいしい おいしい おいしい おいしい お
おいしい おいしい おいしい おいしい おいしい おいしい おいしい お
おいしい おいしい おいしい おいしい おいしい おいしい おいしい お
おいしい おいしい おいしい むしくい むしむし うっ げっ うっ おい
おいしい おいしい おいしい むしくい むしむし うっ げっ うっ おい
ううん おいしい ううん おいしい ううん おいしい ううん おいしい
りんご りんご りんご りんご りんご りんご りんご りんご りんご
りんご りんご りんご りんご りんご りんご りんご りんご りん
りんご りんご りんご りんご りんご りんご りんご りんご り
あか きいろ みどり あか きいろ みどり あか きいろ み
しゃくっ しゃくっ しゃくっ しゃくっ しゃくっ し
じゅうしい じゅうしい じゅうしい じゅうしい
りんご りんご　　りんご りんご

あの男の子が好き（第一連）

ウォルター・ディーン・マイヤーズ

あの男の子が好きだ。
ウサギが大地を駆《か》けるのが好きなように。
あの男の子が好きなんだ。
ウサギが大地を駆《か》けるのが好きなように。
こう、呼《よ》びかけるのが好きだ。朝、男の子に
こう、呼びかけるのが好きなんだ。
「おおい、おはよう！」

訳者《やくしゃ》あとがき

翻訳《ほんやく》をはじめて二十数年、ずいぶんたくさんの本を訳してきたけど、ほとんど小説かエッセイで、詩は一冊《さつ》もなかった。けど、小説と詩とどちらが好きかときかれると、迷わず、「詩!」と答える。

中学生のころ、いきなり本に夢中《むちゅう》になって、手当たり次第《しだい》に読んでいったとき、目の前に新しい世界が開けたようで、とても楽しかった。けど、何度も読みかえして、心にきざみつけたのは、小説じゃなくて、詩だった。

小説を一冊丸ごとおぼえてしまうのは大変だ。けど、詩ならそうでもないし、頭のなかでくりかえしてると、しぜんにおぼえてしまう。詩は小さな宇宙《うちゅう》で、その宇宙をそのまま自分のなかに取りこんでしまうことができる。そしていったん心のなかにしまった詩は、いつでも取りだすことができるし、死ぬまで、いや、もしかしたら死んでも、心のなかにとどまっている。

だから、帰りの電車で疲《つか》れてぼうっとしてるときや、いやなことがあってすべてを忘《わす》れたいときなんかに、ふと好きな詩が口をついて出てくると、なんとなくなごんできて、気持ちがおちついてくる。

詩は小説とはちがう。だからむつかしいと思う人もいるかもしれない。けど、だから、かっこいいと思う人だっているはずだ。

詩ってなんだろう？　そんな質問には、国語の先生だって答えられるはずがない。けど、やっぱり、なんとなく、詩と小説はちがうような気がする。

さて、この本は、ふとしたことから詩にはまっちゃった男の子の詩だ。詩なんて、女の子のもんだよ、そんなもの書けないって……なんていってた男の子が少しずつ、詩を書くようになっていく。昔《むかし》の人の詩を読んで、わかんないよ、どういう意味？　とかいいながら、そんな詩をかりて、自分の詩を作っていく。

そんな詩が読みたければ、ぜひ、この本を読んでみてほしい。読み終えたとき、もしかしたら、詩を書きたくなるかもしれない。そして、いろんな詩を読みたくなるかもしれない。

この本のなかに出てくる詩人について、かんたんに説明しておこう。

・ウィリアム・カーロス・ウィリアムズ（一八八三―一九六三）　アメリカの詩人で、医者でもあった。

・ロバート・フロースト（一八七四―一九六三）　アメリカの詩人。

・ウィリアム・ブレイク（一七五七―一八二七）　イギリスの詩人。
・ヴァレリー・ワース（一九三三―一九九四）　アメリカの詩人。子どもむけの詩が多い。
・アーノルド・アドフ（一九三五―）　アメリカの詩人。子どもむけの詩が多い。
・ウォルター・ディーン・マイヤーズ（一九三七―）　アメリカの詩人・作家。子どもやヤングアダルトむけの詩や小説が多い。『自由をわれらに』『サラの草原』『ニューヨーク145番通り』『バッドボーイ』は日本でも翻訳《ほんやく》されている。

なぜ、ウォルター・ディーン・マイヤーズだけくわしく紹介《しょうかい》したかというと、作者のシャロン・クリーチがこんなことを書いているからだ。HP《ホームページ》に載《の》っているものをかんたんにまとめると、こんなふうになるかな。

ディーン・マイヤーズの「あの男の子が好き」という詩が好きで、ある日、この詩をみて、あれこれ考えていたら、ジャックという男の子が頭に浮かんできました。そしてこの本を書きはじめたのですが、そのあいだにマイヤーズさんに会ったのは一度きりです。ジャックにとって、この詩がとてもたいせつだということはわかっていたのですが、まさか、マイヤーズさん自身が登場してくるとは思ってもいませんでした。

生きている作家を自分の作品に登場させるなんてとんでもない、と考えて、なんとかマイヤーズさんを登場させないようにしようとしてみたのですが、そうするとぽっかり穴《あな》が空《あ》いてしまって、どうしようもなくなってしまいます。そこでしかたなく、編集者にこの作品を送って、マイヤーズさんに問い合わせてもらいました。すると、どうぞ登場させてください、という返事がかえってきたのです。マイヤーズさんは、とてもすてきでやさしい方で、わたしの本に出るのをちょっと恥《は》ずかしがっているようでした。

あと、りんごの詩を書いたS・C・リッグというのは、「S・C」でわかった人もいるかな。シャロン・クリーチ、つまり、作者。

あと、ジャックの先生、ストレッチベリ先生は、シャロン・クリーチの編集者の名前。

最後になりましたが、原文とつきあわせをしてくださった上野未央さんに心からの感謝を！

金原瑞人

二〇〇八年七月十二日

作者　シャロン・クリーチ

1945年米国オハイオ州クリーヴランド生まれ。英国とスイスの高校で英語教師として働いた後、作家となる。1995年『めぐりめぐる月』（偕成社）でニューベリー賞、2002年『ルビーの谷』（早川書房）でカーネギー賞を受賞。両方の受賞は著者がはじめて。そのほかの作品に、長編『赤い鳥を追って』（講談社）、絵本『みんなのすきな学校』（講談社）『父さんと釣りにいった日』（文化出版局）などがある。

訳者　金原《かねはら》 瑞人《みずひと》

1954年岡山県生まれ。法政大学社会学部教授。翻訳家。ヤングアダルト作品を中心に、翻訳書多数。エッセイや評論などの分野でも活躍。主な訳書に『豚の死なない日』（白水社）『満たされぬ道』（平凡社）『青空のむこう』（求龍堂）『ブラッカムの爆撃機』（岩波書店）『不思議を売る男』『バージャック』（偕成社）など。著書に『翻訳家じゃなくてカレー屋になるはずだった』（牧野出版）『大人になれないまま成熟するために』（洋泉社）などがある。

あの犬が好き

シャロン・クリーチ作　金原瑞人訳

発　行　2008年10月　1刷　　2019年11月　2刷

発行者　今村正樹

発行所　偕成社

東京都新宿区市谷砂土原町3-5　〒162-8450

電話　03-3260-3221（販売部）03-3260-3229（編集部）

http://www.kaiseisha.co.jp/

装　幀　坂川栄治＋田中久子（坂川事務所）

印刷所　中央精版印刷・小宮山印刷

製本所　常川製本

NDC933　142p　20×14cm　ISBN978-4-03-726750-6

Published by KAISEI-SHA. Printed in Japan.

好評既刊

ジョージと秘密のメリッサ

アレックス・ジーノ 作　島村浩子 訳

「男の子のふりをするのはほんとうに苦しいんだ」
４年生のジョージは、見た目は男の子だが、内面は女の子。
家族にもいえないけれど、本当は誰かにわかってもらいたい。
親友の女の子ケリーは理解してくれた。でも、先生やママは──。
自分の体の性別に違和感をもつトランスジェンダーの子の
思いをていねいにすくいとった物語。

願いごとの樹

キャサリン・アップルゲイト 作　尾高 薫 訳

木はいつも動物や植物と話している。人間とは話さないけれど。
レッドは「願いごとの樹」と呼ばれ、長年、町を見守ってきた。
ある日、ひとりの移民の少女が、枝に願いごとを結びつける。
不寛容がひろがる町の空気に、レッドは意を決し、
動物たちと協力して、初めて人間に話しかけることにした。
樹齢216年の、楽観的な巨木がかたる物語。